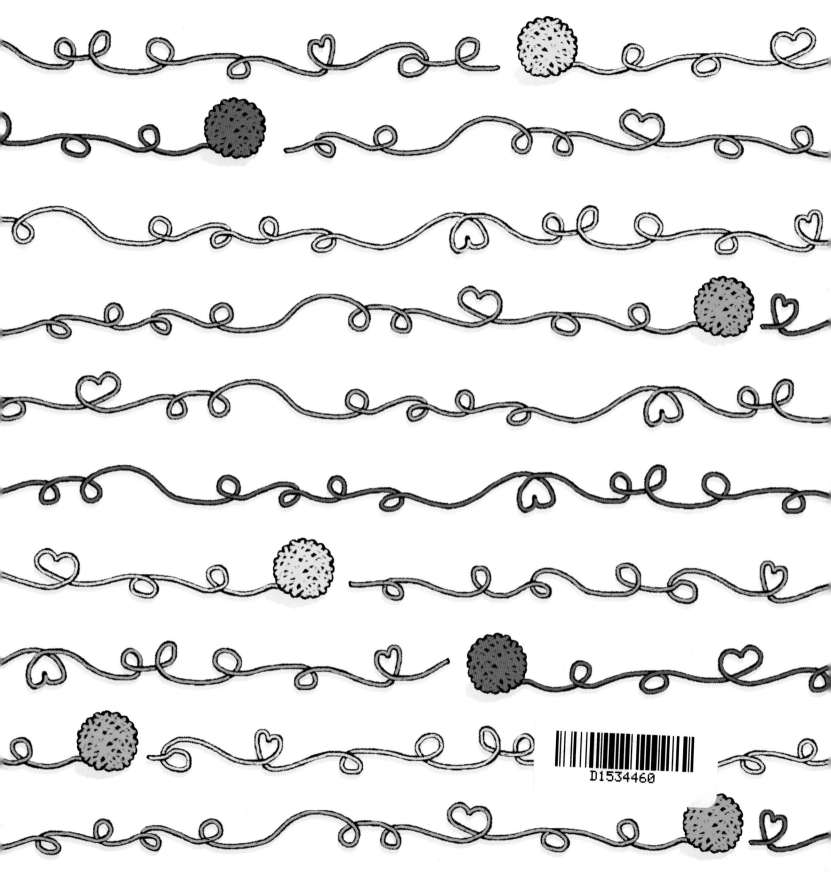

Pour Umma, dont l'amour est sans limites

Catalogage avant publication de Bibliothèque et Archives Canada

Yoon, Salina
[Penguin in love. Français]
Polo aime Bottine / Salina Yoon ; texte français de Josée Leduc.

Traduction de : Penguin in love.
ISBN 978-1-4431-4983-9 (couverture souple)

I. Titre. II. Titre: Penguin in love. Français.

PZ26.3.Y66Pol 2016   j813'.6   C2015-905120-7

Édition publiée par les Éditions Scholastic, 604, rue King Ouest, Toronto (Ontario) M5V 1E1 CANADA.

5 4 3 2 1   Imprimé en Chine   16 17 18 19 20

Les illustrations ont été réalisées électroniquement à l'aide d'Adobe Photoshop.
Le texte a été composé avec la police de caractères Maiandra.
Conception graphique du livre : Nicole Gastonguay

Polo aime Bottine

Salina Yoon

Texte français de Josée Leduc

Éditions
SCHOLASTIC

Polo cherche
l'amour de sa vie.

Mais tout ce
qu'il trouve...

c'est une mitaine.

Quel mystère!

Polo demande à son grand-papa
si c'est sa mitaine.

— Non, Polo, je préfère porter
une tuque.

Polo cherche à qui elle appartient.

Émilie a perdu une perle
et non une mitaine.

Isabelle a perdu une
pantoufle et non une mitaine.

Olivier a perdu le Nord,
mais pas sa mitaine.

Polo se demande qui
a tricoté une si belle mitaine.

Pendant ce temps, Bottine, l'amie
de Polo, est en train de tricoter.

Tricoter lui réchauffe le cœur.

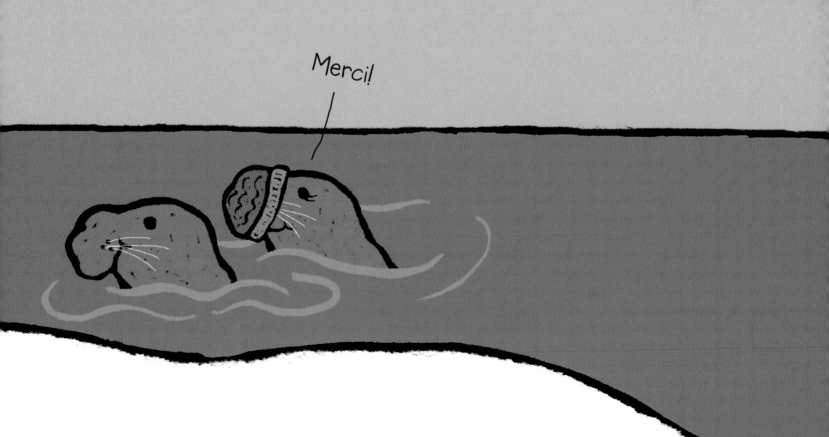

Polo est aussi en train de tricoter.

À ce moment-là, un couple de macareux se pose près de lui.

— Bonjour, es-tu en train de tricoter un couvre-bec? demande un des deux macareux en tremblant de froid.

J'ai perdu le mien en vol.

Il rayonne de joie lorsque Polo lui donne le couvre-bec.

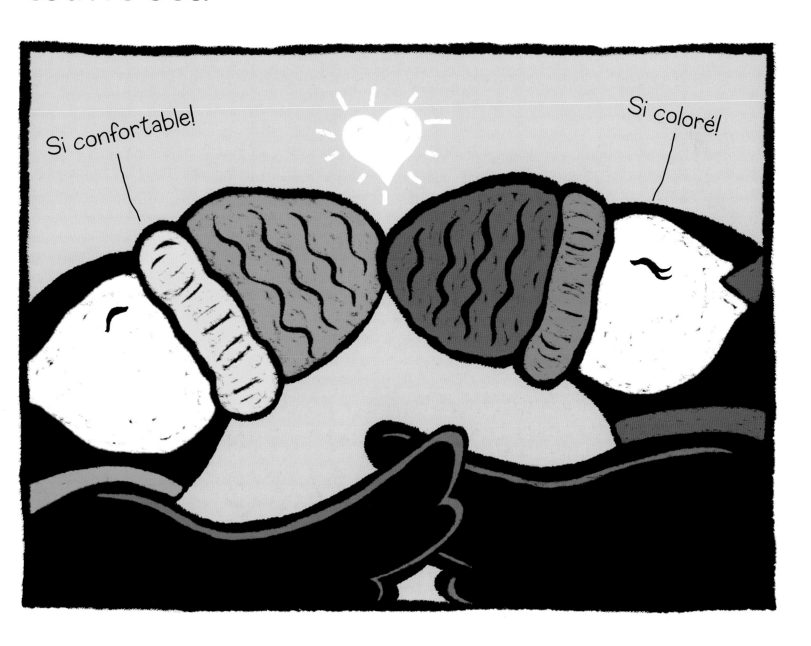

— Merci, disent les oiseaux amoureux.

Les macareux préparent
un plan pour aider Polo
à trouver sa douce moitié.

— Ces deux-là font la paire,
dit Polo.

Tiens, bébé phoque, ce couvre-bec te fera une bonne tuque. Attends un peu, je vais te tricoter un foulard pour aller avec!

De l'autre côté de la banquise,
un visiteur gelé demande
un service à Bottine.

— Pourrais-tu me tricoter un
chandail? demande la baleine.
C'est un travail GIGANTESQUE,
mais Bottine veut bien essayer.

Bottine se retourne vers son panier et découvre que toute sa laine a disparu.

Polo remarque que sa boîte
de laine est vide aussi!

Les manchots partent à la recherche de leur laine.

— Aurais-tu vu ma laine? demande Bottine.

— Non, répond Polo. C'est étrange, ma laine a disparu aussi.

Tout en suivant l'indice, ils tricotent pour se réchauffer.

Ils tricotent même pour des amis en cours de route!

Il était un petit iceberg...

Pourquoi ne chantes-tu pas?

Nous ne sommes pas des pinsons!

Ils tricotent pour le plaisir.

Ils tricotent pour le bien-être.

Et Polo et Bottine sont heureux ainsi jusqu'à ce que…

un blizzard les surprenne
et les sépare.

Les voilà seuls chacun de leur côté et le voyage est long.

Bottine poursuit son chemin sous la pluie…

et la neige…

et rêve de jours meilleurs.

J'espère te revoir bientôt, pense Polo en laissant un indice pour que Bottine puisse le retrouver.

Polo et Bottine tricotent d'un sommet à l'autre en suivant toujours le fil de laine. Ils grimpent de plus en plus haut.

Finalement...

ils arrivent au sommet. Polo et
Bottine ont écouté leur cœur
et se sont retrouvés.

Enfin réunis!

Et ensemble...

ils vivent un GRAND amour
et une belle aventure!

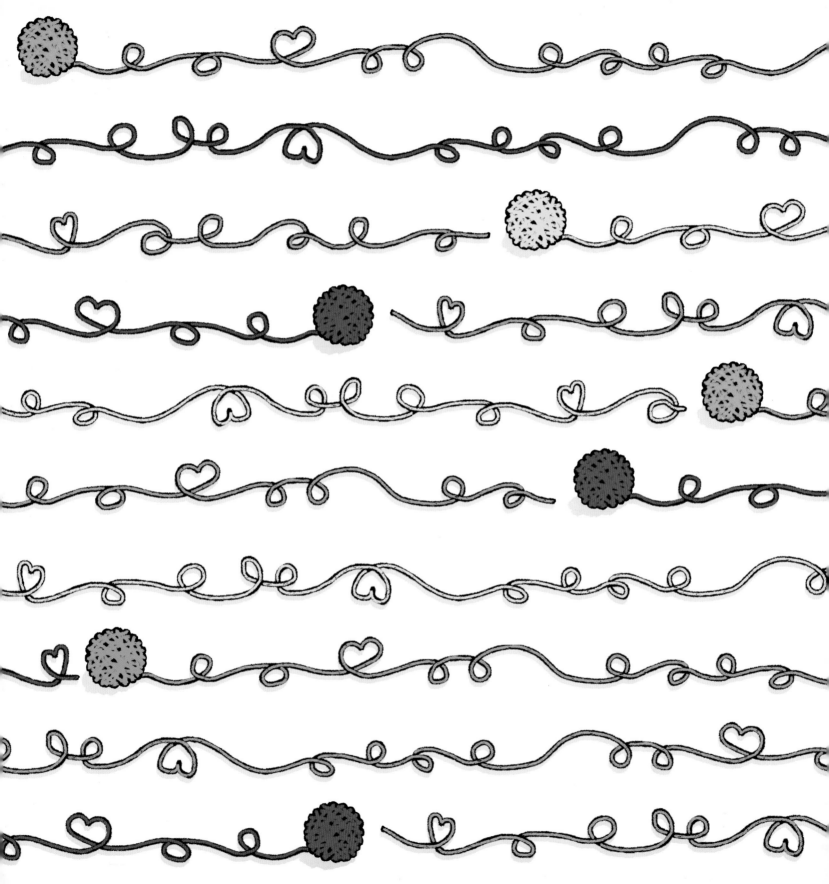

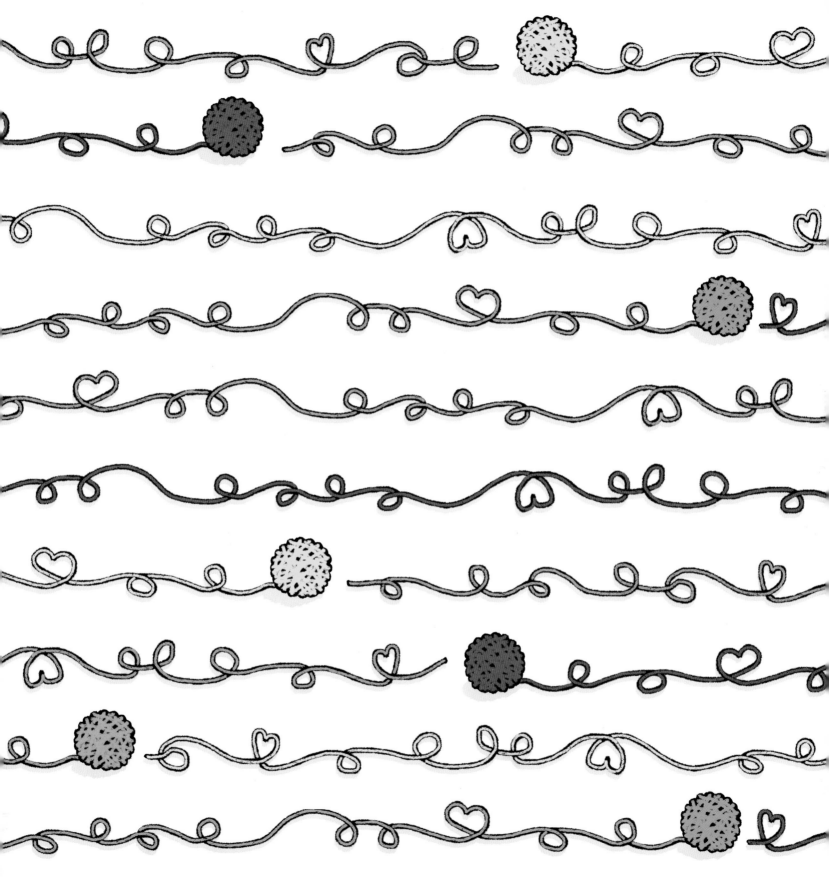